象とY字路

小川三郎

思潮社

象とY字路

小川三郎

思潮社

賭け

人間の住んでいるところは
不思議だな、
と
あなたがため息をついて言うから
また同じ説明をした。

あれは
住んでいるんじゃないんだよ。
つまり
そこを覚えているだけなんだ。
大体あんな小さなところに
人が住めるわけないじゃないか。
つまりそこに
うまく隠れているわけなんだ。

ほら
カーテンの隙間から
じっとこちらを伺っている目があるだろう。
私らの態度が
気になってしょうがないんだ。
屋根裏から伸びている階段から
とんでもなく低い空へ向かって
人間たちは昇っていく。
家は単にその通り道で
住んでるように
見えているだけ。

それでもあなたは
人間の住んでいるところには
いつでも陽が射しているから

羨ましいね、
なんて言うから
呆れてしまった。

私たちは住むところを確保するだけで
何千年も費やした。
今ではみんな死んでしまって
私とあなたしか残っていない。
人間の幸福はまぶしいが
人間の住むところはのっぺらぼうだと
私が怒鳴るとあなたは縮んで
染みのようになってしまった。

いや、別に怒っていないよ。
ただあなたが毎日毎日

同じことを訊くものだから。

私たちが育てたヤサイ
私たちが育てたミズ
これを食べて人間は大きくなる。
あなたは人間の住んでいるところについて
おおよそもう詳しくなった。

つまり
どちらが先にここを出ていくのか
私は賭けをしているんだ。

Y字路

道が分かれていたのなら
その間に建っている家に住みなさいと
そのように言って母は死んだので

いままさにそのように私は
間に建つ家に住んでいるのだけれど
分かれ道にやってくると誰もが
暴力的になったり
落ち込んだり
回顧的になったりするものだから

（毎日飽きずに暮らしていられる）

私が二階から冷やかしても
彼ら妄想だと思い込んでこちらを見もせず

ふたつの道に目を凝らしたまま
あぶら汗をかいている。

無理に選択などしないで
一緒にここに住めばいいのに
そう呼びかけても
誰もそうせず
どちらか選んで先に進む。
そのたび
分かれ道が少し歪む。

私はここでもっと単純なことについて
ゆっくりと考えたかったのに
歪むにつれて
分かれ道のことは複雑になり

なのにまだまだひとは来て
そのたび家がぎしぎしいって
立っているのが辛い日もある。

時折うちの呼び鈴を鳴らし
道を尋ねるひとなんかもいて
私が嘘を教えてやると
熱心にメモを取ったりする。

みんな
根はいいひとなのだ。

歪むだけ歪めば平和をもたらす
そんなことも
あるかもしれない。

箱

空を丁寧に切り取って
箱に入れてふたをする。
家に持って帰って
ふたをあけて触ってみる。

切り口の
黒いところが冷たい。

あなたはここが嫌いだった。
すぐに指を切ってしまうし
骨まで凍ってしまうと言った。
だから外に出るのを嫌がって
それは私も同じだったが
死んでしまっても仕方がないので
空を何度も切って帰った。

夜になれば
帰れる場所があるものだから
あなたの気持ちも穏やかになる。
昔のひとの言うとおり
そこには冷たいことがなくて
なにもなくても済むところ。
感じなくても眠れるところ。

月に満ちる価値はなく
私とあなたに言葉はなく
朝になると空は溶け落ち
切り口だけが残されている。
それをまとめて捨てに行くまで
あなたは決して

口を開かず。

あなたを守れるわけじゃない。
一緒にいてやれるわけじゃない。
ただ大体同じところに
死んでやることくらいしかできない。

正月

雪のさなかに客人あり。
父はそのひとに手を合わせた。
暗くて顔がよく見えなかった。

民家を一軒一軒たずねて歩き
お金をもらってまわっているのだという。
そのようなひとは
おとぎ話の中だけのことで
いまはもういないと思っていた。

父はお金を渡さなかった。
ただとても感謝をして
そのひとがどんなに恐ろしいことをいっても
ずっと笑顔でこたえていた。

私もお金を渡さなかった。
このお年玉で自転車を買うのだというと
そのひとはじっと私を睨んだが
ついっとそっぽを向いてしまった。

父はお金を渡さなかったが
母の作ったあたたかい料理を
惜しみなく振舞った。
そのひとは私たち家族の分まで
全部平らげてしまった。

正月だけの豪華な料理。
私も食べたかったのに悔しいことだ。
でもこれで自転車が買える。

食事が済むとそのひとは立ち上がり
私たち家族を失望の目で見下ろした。
どうぞご無事で
と父は言った。

次に会うのはきっと
父が死ぬときだろう。
私が死ぬときには
きっと来てはくれないだろう。

私と父が手を合わせると
そのひとは雪の中を振り向きもせず去った。
私たちは空腹を抱えながら
その年の正月を過ごした。

象

象は育ちすぎてしまって
入れる小屋がない。

みんながむこうで新しく
大きな小屋を作っているが
出来上がるまでに
象は死んでしまう。

（悪魔がいるのです
この美しい世界に
悪魔がいるのです）

象は自分より
小さな小屋へと
歩いていく。

（誰もが苦しんでいるのです
自分の身体を抱きしめて
私がここにいるのです）

みんながいくらなだめても
象は小屋に入ろうとする。

（悪魔がいるのです）

今朝まで難なく入れていたのに
今日は大きくなりすぎた。

（どんと重い気持ちが
この地球を貫くのです）

今夜きっと象は死んで
誰もその姿を見られない。

街煙

高いところから
街を眺める。

煙突から吐き出された数本の煙が
同じ向きに折れて流れていく。

まるで街が折れたみたいだ。
どうせまた夕暮れだ。
私は今日もあの工場で働いて
今日もまた失業した。

耳の奥で
誰かの怒号が響いている。
誰かを激しく批難している。
それはたぶん私の怒号だ。

つらいことが今日もあって
感情を抑え切れなかった。

こうして高いところから
自分の街を眺めていると
そんなことなどなかったようだが
私はいま確かに失業していて
こうして街を見下ろしている。

頼れる友達はみんな死んでしまったから
明日の朝また職を探さなくてはいけないわけだが
私の働ける場所といえば
あの工場だけなのだ。

煙突から吐き出される煙が

仕事から帰る人々を歪ませていく。
私が言葉を覚えたこの街の人々の会話を
ひどく歪ませていく。
私にはもういくらも聞き取れない。
なのにこの街の全てが
とても真っ直ぐであるような気がする。

なるようになったこの街と私は
なにに逆らおうとしたわけでもなく
ただ毎日毎日
本当につらいことが起こった。
私はこの街の人間ではないとみんなが言うのだ。
稼いだ金は全部この街で使った。
身体はこの街の血液だった。

あの煙は
私の身体を焼いた煙だ。
折れ曲がって寡黙に流れて
ひとの息の根を止めてもなお
鼓動をとめず

それは
とても真っ直ぐだ。

歩く

紫陽花がまるくふくらみ
あなたの頭のうえに乗った。
命が少しゆれる。
紫陽花が伸びをする。

あなたは友人の母親が死んだ話を始める。
私は相槌を打っている。
柔らかい風が吹いてきて
紫色が
にわかに濃くなる。

私も少し不安になった。
あなたの顔を覗き込むと
いつもと変らぬ青白さで
誰の母親が死んだって？

そんな話、誰もしてない。

そういうときも
あるかもしれない。
口笛吹いて
視線を逸らすと
あなたは先に歩きだして
紫陽花は色を紫のまま
さっきと違う匂いになった。

宵猫

呼びかけると
猫は振り返ったので
今日の行く先を訊ねてみると
猫は振り返ったまま
私が追いつくのを待っているので
追いついてもう一度訊ねると
しっぽで私の頬を撫でた。

この町を出て行って
二度と帰らないのだという。
驚いて理由を訊くと
理由がないから出て行くのだという。
お前も出て行く理由がないなら
さっさと出て行くべきだという。
行く場所がないというと

行く場所があれば
誰も出て行きはしないという。
なるほど
やっぱみんな詩人なんだなあ。

のんきなやつだと猫はいい
また行ってしまいそうになるので
捕まえて食べることにした。
しかし猫はぬるぬると私の手を逃れ
ちっとも捕まえられやしない。
私のいらだちは頂点に達し
汚い言葉で猫をののしり
まるで恋人どうしに見える。

私が死ぬことができるからといって

偉いわけじゃない。
空を飛んだりできるからといって
偉いわけじゃない。
ただこの町では顔さえあれば
みんな寄ってきて幸せになれた。
はなから双子であったならば
顔など必要なかったのだが。

そうこうするうち私たちは
町のはずれまでやってきた。
猫は得意の踊りを見せる。
私は早くもズボンを下ろし
性的なまなざしで猫にこたえる。
でもそんなことじゃ
猫も私も長くはないよ。

厳しい冬がもう
町のすぐそとまでやってきている。

ようやく猫を捕まえて
よく火を通して口にした。
罪から逃れたものの味がする。
どれだけ食べても
空腹は満たされなかった。
私は骨まで猫を平らげ
空の星を数えてみる。
昨晩よりは増えたようだ。

雪崩《ゆきくず》れ

ぜんぶ雪でできていたから
判別するのは難しかった。
あなたも雪でできていたから
私の言葉も肌寒かった。
ひとりで行くのは恐ろしかったし
苦しまぎれも続かなかった。
積もる端から雪は崩れて
私は時の外側にいた。
冬が何べん繰り返しても
私は雪になりたくなくて
ひとの匂いを描きながら
あなたをどれだけ愛していたのか。
わがままばかりの人生が
さよならばかりの冬のさなかに
癒えない言葉を雪に埋めて

地面はだんだん
膨らんでいく。
埋めた死体は春まで凍る。
私が抱くまで
雪降り積もる。
あなたがとろけて
彼方にうつろい
沼に沈んだ雫のように
身体なんてとうにないから
誰も知らない
一気に崩れて。
ふざけているのは子供たちだ。
木々も家も小鳥たちも
炎をあげて
遠くに去った。

雪は白くなかったそうだ。
あなたの吐息はまぼろしだった。
春の芽吹きと一緒に生まれて
振り向いただけで崩れるのならば
ずっとそのまま
記憶に凍って
雪の炎が消えいる前に
狂おしいなら
考えないで
もうそれ以上
失くさないで。

天狗

天狗が空から降ってきた。
青い空から真っ赤な顔して
大きなヤツデで風を集めて。

みんな地面に押しつけられた。
地上は天狗のものなのである。
おんなのひとたち
ひとまとめにされ
みんな天狗に連れて行かれた。
みんなうれしい顔をしていた。
天狗の仕事に贔屓はないから。
熊を退治したのも天狗なのだし。

顔はにんげん、身体は鳥で
青空、天狗は一点の影。

そこに重さが集中する。
そこで世界が折れ曲がる。
もう秋だからいまごろは
世のあちこちに天狗が降って
ひとはみんな諸手をあげて
尻子玉を抜かれている。

みんなみんな変りばんこに
天狗になって高笑いした。
思い思いのポーズを決めて
どんな願いも成就させた。
握ったものは金《きん》に変る。
天狗で世界はできている。

天狗の隣りに座ってみれば

不思議な匂いに包まれる。
なんだか虚ろな気分になれる。
天狗が語る長い歴史は
知らない祭りへ続いている。
天狗は誰も偉くならない。
歩く早さも変らない。

私が天狗になるころには
祭囃子も大きくなって
ひとの命も粗末になる。
顔はにんげん、身体もにんげん
天狗のうちは遊んで暮すが
詳しい話は覚えてられない。
世界が変るわけじゃない。

プール

プールで泳いでいる。

もう長いこと泳ぎ続けで
いまにも溺れてしまいそうだ。

監視員がプールサイドで
私の姿を見下ろしている。

空は晴れていたかったのに
黒い雲がやってきて
強い風も吹いている。

もう苦しくて死にそうなのに
まだまだもっと
泳いでいたい。

太陽はどこにも見当たらないのに
プールの水が輝いている。
夏休みは
まだ終わらないのか。

生活痕

女のからだだって
私の生活の一部なのですから
よけたりしないで
テーブルや神棚と一緒に
そこに置いておいてください。

私もいい加減いい年なので
包丁や洗濯機と同じように
女のからだに触れるのですけど
苦い気持ちを抱えながらも
許されるわけには
いかないのです。

女のからだは
よくしゃべるのです。

だけど私は頷くばかりで
話せることがないのです。
女のからだから漏れ出す話を
じっと聞いているだけなのです。

その話は
とても怖いのですが。

女のからだは年老いており
わからないことはないはずなのです。
ないはずなのにわからないから
女はこちらを向こうともせず
尻と腿とおっぱいだけで
私のからだを隠そうとします。

女のからだに隠れるのだから
私も裸でいるのですが
私にしたって女にしたって
ふた目と見られぬからだなのです。
そういうときには
女は匂って
違う名前では呼べないのです。

うつむく女のからだに触れて
私のからだと比べているとき
それは無上の幸せですが
女の話はますます怖い。
がたがた私の生活が揺れます。
さっくりきれいにふたつに割れます。

のどかなこの世のことですから
頭が虫に食われていたって
あなたのことを思うのです。
いい加減な話はしないでおきます。
一緒に生まれて死ぬことになど
深い意味は
ないのですから。

午後の電車

午後の電車の一番うしろで
つづく線路をながめている。

線路の右と左には
ひとの世界が平たく広がり
家々がしんしんと降り積もっている。

その真ん中を
電車は知らん顔して走りぬけ
時折警笛を鳴らすときだけ
かすかに世界とかかわっている。

赤茶けた線路が美しい。
この世界のどこかで私は生活している。

午後の電車に乗るひとは
本を読んだり携帯を見たり
静かに眠っていたりする。

車窓に広がる世界の中で
たくさんの私が
静かに
音もたてないままに
疑うことなく
死んでいく。

その上に家々はしんしんと降り積もり
すべてなかったことになる。

もう千年も生きてきたから

いまさら喋ることもない。
もう千年も生きてきたこと
私は少しも
覚えていない。

敷石、枕木、レール、信号。
無数の私のひとりの私が
午後の電車の一番うしろで
つづく線路をながめている。

線路にもまたしんしんと家々が降り積もり
子供たちの寝息がかすかに乱れ
その上を警笛が長く長く
疑うことなく響いて消える。

人間ころ

桜が舞い散り
濡れた地面に落ちると
みんな人間になって
境内は賑わった。

ぞろぞろぞろぞろ。
あちらこちらを見てまわりながら
人間たちは進んでいく。

桜はさらに舞い散って
老若男女さまざまな人が
声をあげたり手を振ってみたり
桜の下に増えていく。

私が人になったとき

空は曇っていたものだったが
今日はくっきり晴れていて
人でなくなる気分なのだ。

ぞろぞろぞろぞろ。
誰もが私を鹿十《しかと》して
まぶしい笑顔で歩いていく。

他人に合わせて生きてきたから
歌は人に合わせず詠んだ。
みんなは春の歌を詠んで
桜の頃を懐かしんだが
私は雨の歌を詠んだ。

私たちも幽霊です。

そんな歌を詠む人までいて。

桜は樹齢千年を超え
明日にも朽ちて果てるかもしれない。
それでも人は意外と丈夫で
なんにも知らずに生きていける。

約束なんて
守らないに越したことはない。

夜

祭りの夜の境内に
ひとり残された子供がいる。
はっぴ姿でぺったり座って
祭りの歌を歌っている。

大人たちは
とっくに帰った。

子供なんてわがままだから
祭りの夜が明日も明後日も
ずっと続くと思っているのだ。

それはその通りなのだけれども
言葉のあやってものがあるから。

子供は時折
大きな声をあげる。
境内はしんとして
叱る声もない。

夕焼け島

夕焼け島が地球の上で
夜の来るのを待っている。
小船を漕いで島に向かう。

近づいてみると夕焼け島は
とても高くまで膨れている。
手を伸ばして島に触れると
だいぶあたたかくなっている。

島の裾野をよじ登り
頂上の穴を探りあて
中にすっぽり入ってみる。
足を伸ばして
探ってみると
指の先が地球に届いて

そこは恥知らずに振動している。

力を込めて夕焼け島を
一気に底から引き剝がす。
途端に膜があふれだし
海はすぐさま熱くなり
目の裏側に星が降る。

海はさすらうものとなり
月はか弱いものとなり
愉快な景色が育まれる。
離れ離れの地球の上で
この世の終わりと交換するもの
誰がそれを運んできたのか
答える者はついになかった。

夕焼け島を空に掲げて
金星に手渡すと
夕焼け島は地球にないのに
海はまだまだ熱くなって
波の奥に乳歯が生えた。
切り離された遠い未来に
様々な顔が浮かんで消えた。

星がぜんぶ落ちてしまうと
地球はひとつ暗くなる。
夕焼け島があったところに
深く目玉が刻まれている。
長いまつげが美しく
最初の瞬きが弾かれると

朝が遠くでうろつき始め
金星の行方が知れなくなった。

週末・映画・チョコレート

光が飛び散るそのわけは
不安な心のあらわれなのだ。

毎日の生活が潤わない。
あなたの不在が原因なのだ。
私もいろいろ無理をしてみた。
あくどいこともやってみた。
他人を傷つけ自分を傷つけ
なにも残らなかった掌を見た。

つまらない週末
チョコレートを食べすぎて
目がちかちかする。
また自分の部屋がどこか遠くへ
勝手に移動した気がしてならない。

日曜は月曜に届かないまま
むなしく谷へと落ちていった。
空腹かどうかよくわからない。
たくさん霞を食べた気もする。
終わった痛みが思い出されて
何度も繰り返し観た映画を
繰り返し繰り返し観て過ごす。

私の意識は明瞭だった。
匂いは定かでなかったけれど
憂いも怒りも絨毯に染み
古い模様になりかけていた。
それを踏みつつ
行ったり来たり

映画はまたもや終わりを迎えた。
また最初から観る。
目がちかちかする。

窓のすぐそと
たくさんの桜が枯れて腐って
ひどい有様になっている。
当分そとには出られない。
テレビもそうしろと言っている。

絨毯の染みを裏から見上げて
その向こう側の夜空を見上げて
星がぼろぼろ剝げ落ちてきて
チョコレートが舌の上で

溶けずにもんまり
固まっている。
喉が詰まって
目がちかちかする。
少し眠いと思った。

平屋

小さくて古くて
安いつくりの平屋がある。
あそこに私は
住んでいたことがあるだろうか。
なんとなく記憶にあるようで
しかし夢のことかも知れない。

呼び鈴を鳴らす。
誰も出てこない。
ひとの気配もない。

裏の畑では
キャベツが着々と育っている。
私もあれを食べて
ある程度まで育った。

途中でばあちゃんが
壁のしみになってからは
私の成長も止まってしまった。

もう家なんて新しくしなくていいよ。
ずっとこのまま住んでいける。
住んでいても
住んでいなくても
誰かがいてもいなくても
生活はここだけにある。

ばあちゃんは丁寧に野菜を育てた。
きれいに真っ直ぐ並べて植えて
私の次にかわいがった。
あの野菜はみんな

ばあちゃんが連れて行ってしまった。
ついでに私の記憶も
もいでいってしまった。

庭の隅には
泥に汚れたおもちゃがある。
私が捨てたもののようだ。
物置の横にははしごがある。
あれで屋根にのぼって落ちた。
私は悔やんでいるのだろうか。
そうではなくて
つらいだけだ。

小さくて古くて
安いつくりの平屋がある。

あそこに私は
住んでいたことがあるだろうか。
なんとなく記憶にあるようで
しかし夢のことかも知れない。

階段

影が
階段を降りていく
階段はどこにもない
そこらじゅうを踏んでみる
階段らしきものはない
影は階段を降りていく
それが私の決断だったら
どんなによかったことだろう

少し息が苦しくなって
目の前が歪んで見えたが
どうせいつもと同じ景色だ

どうせすぐに追いつかれる

それでどうせまた
わからなくなる

因数分解

ずっと私
それは禁止なんだって思ってました。
そうじゃなかったらとっくに
盗んで帰っていたのに。
子供たちもみんな
笑顔になったろうに
残念でなりません。

みんなそんなことはないって言うけれど
絶対に花を咲かせたはずなんです。
滑り台のある公園にトイレを借りに行って
傷つけられたり連れ去られたり
そんなことなかったはずなんです。
自分から排水溝まで伸びていって
首が曲がってしまった子もいるんですよ。

曲がってしまったものはもう戻らない。
一生排水溝のなかです。
禁止じゃないって知っていたら
私、まだ身体は元気なんですから
奪い取るなり盗むなり
どうにでもできたはずなんです。

前のところは禁止だったから
そこには入っちゃいけないものとばかり
遠目から見て泣くばかりでした。
考えてみれば私だって
人間である以上
権利はあるはずですよね。
うかつでした。
もっとずるく生きるべきでした。

子供たちはみんな
どこかしら悪くなってしまっていて
もう治らないんだそうです。

でもひどいじゃありませんか。
あなただってそこに座って
見ていたじゃありませんか。
ビールを飲みながら煙草を吸いながら
黙って私のやることを
見ていたじゃありませんか。
私はあなたを許しませんからね。
なぜ子供たちはあなたを慕うんでしょう。
私にはわからない。
あなたが一体子供たちに
なにをしてくれたって言うんです。

なにもしてくれなかった。
私にだって
この場所のルールすら教えてくれなかった。
ここは何処よりも素晴らしいところ。
だけど私はそのことを知らなかった。

足を踏み外しそうなら
忠告してくれたり支えてくれたり
それが人間同士じゃありませんか。
例え人間同士じゃなくたって
そうしてくれてもいいじゃありませんか。
もう遅いですよ私にはもう
忘れることはできませんから。
実は子供たちのひとりは
昨夜死んでしまったんですよ。

ええ、私が殺したんです。
仕方ないじゃありませんか。
私は実の親ではないんですよ。
もうよくなることはないのだし
だから死んでしまったんです。

あなたが禁止じゃなくしたんですね。
ここの出入りも自由にして
盗もうがなにしようが構わなくした。
なぜ私だけがこんな目にあうんでしょう。
ああ、悔しい悔しい。
でもあの子たちのことを考えると
あなたの愛に応えるほかありません。
すべては一方通行
道なんてあってないようなもの。

こうして私たちは
滅んだり生まれ変わったり
いろいろしてつないできた。

今夜はたくさん盗んできます。
遠慮なんて一切しません。
あなたは追手を処理してください。
殺しても構わないんだと思います。
そのくらいは
してくれてもいいでしょう。
別に禁止されているわけじゃないんだし
あなたが居てくれれば心強い。

では今夜この電柱で待ち合わせしましょう。
私はちょっと行ってて

残りの子供たちをどうにかしてきます。
それまで
少し遅れるかもしれないけれど
待っていてください。
今夜必ず来ますから。

濡れ桜

雨が降ったので
久しぶりに外に出てきた。
道がすっかり濡れている。
濡れている道を歩く。

一歩踏むたびに
地面が崩れそうになる。

道は何処までも濡れていて
川まで繋がっている。
この前のときと
違う川が流れている。

川べりもまたよく濡れているのは
よい雨が降った証拠だ。

鳥が橋の欄干にいて
目を瞑り片足で休んでいる。

対岸では何本もの桜が
黒い地面を踏みしめている。
少し足が震えていて
息を大きく吸うのが見える。

このように桜は力を込め
次の雨で咲くのだろう。

私も片足を少しだけ
地面に沈めてみる。
そうして身体を傾けると
バランスは悪くない。

ゆらりと波がひとつ立って
雲が低いところを流れていく。
息を深く吸い込むと
雨はまだ見ぬ海に沈んで
張り裂くような
雫になった。

（それだけ乞うているならいい）

鳥は横目で私を眺め
少しだけ羽ばたくと
また目を瞑った。

目次

装幀　思潮社装幀室

象《ぞう》とY字路《じろ》

著者　小川三郎《おがわさぶろう》
発行者　小田久郎
発行所　株式会社思潮社
〒一六二―〇八四二　東京都新宿区市谷砂土原町三―十五
電話〇三（三二六七）八一五三（営業）・八一四一（編集）
ＦＡＸ〇三（三二六七）八一四二
印刷・製本　三報社印刷株式会社
発行日　二〇一一年十月十日